Oki Doki

(Erstes Abenteuer)

Titles in English
available in the Oakee Doakee series
(in reading order):

Oakee Doakee *and the Hate Wave*
(Oki Doki und die Hasswelle)

Oakee Doakee *and the Ego Bomb*

(available through *physical* and *cyber* bookstores everywhere!)

Oki Doki

und die Hasswelle

Geschrieben und illustriert

von

Sir Ed Word

CheckPoint
Press

Die Originalausgabe erschien 2008 unter dem Titel
'Oakee Doakee and the Hate Wave'

(Deutsche Übersetzung: Doris Stahl)

Copyright © Originalausgabe (2008) und
deutschsprachigen Ausgabe (2011) by Edward E. Saugstad

Eine Titelaufnahme dieses Werkes ist von der
British Library zu beziehen

ISBN 978-1-906628-29-1

1. Auflage 2011 CheckPoint Press

CheckPoint Press
Dooagh
Achill Island
Westport
Co. Mayo
Republic of Ireland

Tel: 098 43779
Intl: +353 9843779
www.checkpointpress.com

Dieses Buch ist dem kleinen
Oki Doki
in dir gewidmet.

~INHALT~

Dies ist der Beginn einer höchst wunderbaren Geschichte über einen kleinen Jungen und seine vielen Abenteuer. Sein Name ist Oki Doki, aber seine Freunde nennen ihn Oki. (Wenn er manchmal schlimm ist, spricht ihn sein Lehrer als Herr Doki an.) Manchmal vergessen Leute seinen Name und nennen ihn Smoki oder Poki. Damit uns das aber nicht passiert, schreiben wir seinen Namen hier einmal ganz groß auf, und zwar so:

****

Die Abenteuer von

Oki Doki

****

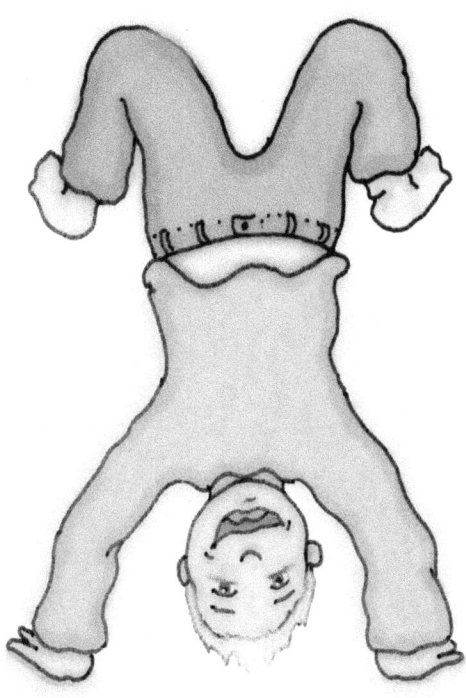

KAPITEL 1

Ein Wink des Himmels

An einem schönen Morgen erwachte Oki, wusch sein Gesicht und setzte sich zum Fenster, um der Sonne beim Aufgehen zu zuschauen. Als er so dort saß, wurde es ganz still in seinem Kopf und er fühlte sich wie in Meditation. Eine wunderschöne kühle Brise erfüllte den Raum und gleichzeitig war sein Herz mit Freude erfüllt. Dann hörte er plötzlich himmlische Musik. *Dies muss die Musik der Engel sein*, dachte er. Die Musik war wunderbar und er fühlte die Nähe der Himmlischen Mutterkaiserin. Schon oft hatte er von Ihr geträumt und Sie in seinem Herzen gespürt. Nun bat er Sie von ganzem Herzen, dass er die Engel besuchen könnte, um mehr davon zu hören und zu spüren. Nach dem Frühstück ging Oki nach draußen spielen, denn es war Sonntag und deshalb brauchte er nicht zur Schule. Die Sonne war sehr warm an diesem sonnigen Sonntag und die Luft roch nach süßen Blumen und grünem Gras.

Als er so auf der Schaukel schaukelte, schaute er nach oben und bemerkte, dass gar keine Vögel in den Bäumen zu sehen waren. Als er gerade überlegte, wo all die Vögel wohl sein könnten, summte ein winziges regenbogenfarbiges Kolibrimädchen vorbei, genau über seinem Kopf.

„Warte!", rief er. „Warte, kleiner Vogel. Wo sind all die anderen Vögel heute?"

Das Kolibrimädchen hielt an, flog genau vor Okis Nase, blieb dort in der Luft schwebend stehen und sagte mit einer winzigen Kolibristimme: „Hast du zu mir gesprochen, kleiner Junge?"

„Ja, hab ich. Ich dachte, vielleicht weißt du, wo all die Vögel sind?"

„Alle Vögel, alle Vögel? Alle Vögel sind bei ihrem sonntäglichen Gesangsunterricht in den Sonnenwolken", summte das Kolibrimädchen.

„Die Vögel haben Gesangsunterricht?", fragte Oki überrascht. „Aber wer ist ihr Lehrer?"

„Wir lernen die Musik natürlich von den Gandharvas", sagte das Kolibrimädchen ein wenig ungeduldig.

Oki wusste zufällig, dass mit Gandharva eine besondere Art von Engeln gemeint war, die Musik machen. Sein Vater war ein großer Forscher, der sich für Geschichte, Mythologien und andere unglaubliche Dinge interessierte, und Oki hatte oft zugehört, wenn er mit seinen Kollegen über mysteriöse Wesen und Welten diskutierte. So wusste er sogar, dass die Gandharvas wahrscheinlich im Königreich des großen Königs

Indra lebten, jenseits des Himmels.

„Wenn du mich jetzt freundlicherweise entschuldigen würdest, sonst komme ich zum Unterricht zu spät", fügte das Vogelmädchen hastig hinzu, und als es weiterflog, rief Oki hinter ihm her: „Oh, die Gandharva-Engel? Bitte warte! Nimm mich mit!"

„Tut mir leid, das ist nicht erlaubt!", rief sie zurück. „Aber wenn du mir deinen Namen sagst, sorge ich dafür, dass König Indra von deiner Bitte erfährt."

„Ich bin Oki!", rief er.

Das Kolibrimädchen drehte ab und verschwand im großen blauen Himmel. Oki schaute ihr hinterher, lehnte sich auf der Schaukel zurück und überlegte, ob König Indra es ihm wohl erlauben würde, sein Königreich in den Sonnenwolken zu besuchen.

KAPITEL 2

Auf dem Weg zu den Himmelswelten

Oki saß noch immer auf seiner Schaukel, als ihn plötzlich ein kräftiger Windstoß fast hinunterwarf. Als er sich umdrehte, sah er einen riesigen Vogel im Garten landen. Dies war das erstaunlichste Wesen, das Oki je gesehen hatte. Es sah zwar aus wie ein Vogel, hatte aber den Körper eines Menschen mit einer bunten, aus Federn hergestellten kurzen Hose. Er trug eine schimmernde, goldene Krone auf dem Kopf. Der Vogelmann ging auf ihn zu, verbeugte sich mit gefalteten Händen und lächelte ein breites, vogelgleiches Lächeln.

„Sei gegrüßt, kleiner Oki. Ich bin Garuda, der Herrscher aller Vögel. König Indra bat mich, dich zu seinem Königreich in den Sonnenwolken zu bringen. Bist du bereit mitzukommen?"

Oki starrte den königlichen Besucher nur erstaunt an. Garudas große, farbig schillernde Flügel tauchten den ganzen Garten in Schatten.

„Hmm." Angestrengt suchte er nach Worten, aber er war völlig frei von Gedanken.

„Hmm", sagte er wieder, dann plötzlich hüpfte er vor

Freude und rief: „Das wäre super, wenn ich mitkommen darf! Ich meine ... ich bin bereit, wenn Sie es sind."

Garuda kniete auf dem Rasen nieder und bat Oki, auf seinen großen Rücken zu klettern. Sobald der kleine Junge Halt gefunden hatte, bewegte Garuda seine mächtigen Flügeln und mit einem einzigen großen Satz hoben sie ab. Rund um sie wirbelten trockene Blätter und Gras auf. Einen Augenblick später waren sie hoch oben im blauen Himmel. Die Schaukel, der Garten und das Haus sahen aus wie Spielzeuge tief unter ihnen. Sie stiegen höher und höher an Bergen aus weichen, weißen Wolken vorbei. Manchmal glitten sie über tiefe Wolkentäler und Oki schien es, als könne er hin und wieder kleine Dörfer erkennen.

Als er sich gerade fragte, wer wohl in diesen Wolkendörfern leben könnte, flogen sie sehr nah an einem luftigen, weißen Berghang vorbei, wo einige Wolkenleute auf einer engen Wolkenstrasse liefen (oder flogen). Die Wolkenleute schauten auf und winkten Oki zu. Er lächelte und winkte zurück. Er sah einen Mann, eine Frau und zwei Kinder. Sie hatten weiße, leuchtende Gesichter und zwei weiße Flügel auf ihren Rücken. Ihre Kleidung war sehr bunt und sie trugen wunderbaren goldenen und silbernen Schmuck. Als sie weiterflogen, sahen diese Wesen aus der Ferne wie vier kleine Regenbogen aus, die im Sonnenlicht schimmerten.

Garuda flog immer weiter auf die Sonne zu. Oki bemerkte,

dass der Wind auf seinem Gesicht immer wärmer wurde. Die Wolken waren jetzt nicht mehr tief und wellig, sondern eher flach und wie in Schichten übereinandergetürmt. Sie flogen durch eine Wolkendecke nach der anderen, so, als ob sie eine Treppe zu einem prachtvollen Haus hinaufsteigen würden. Alles schien wie in einen goldenen Hauch gehüllt und begann im Sonnenlicht zu glänzen. Oki kam es vor, als höre er Gesang und Musik, die der Wind sanft zu ihnen herüberwehte. Er war sehr aufgeregt, die singenden Engel sehen zu dürfen. So horchte er aufmerksam, um mehr von diesen wunderbaren Tönen zu hören.

Garuda drehte seinen großen Kopf zu ihm um und sagte mit einer lauten, fröhlichen Stimme: „Wir sind fast da."

Die Luft war schon sehr warm, als sie durch die letzte goldene Wolkenschicht brachen. In einiger Entfernung konnten sie nun einen wunderschönen goldenen Palast sehen. Er schien so strahlend hell, dass Oki seine Augen mit seinen Armen bedecken musste. Die himmlische Musik war nun klar und stark zu hören. Erfüllt von aufgeregter Erwartung und Erstaunen flog er auf dem Rücken des mächtigen Garudas dem Palast von König Indra entgegen.

KAPITEL 3

Viel Spaß im Sonnenpalast

Einige Augenblicke später flogen sie durch das Haupttor des Palastes und Garuda landete sanft. Oki sprang von seinem Rücken und schaute sich um. Seine Augen hatten sich inzwischen an das Licht gewöhnt und so konnte er alles leicht erkennen. Sie waren mitten in einem großen Hof gelandet. Zunächst war niemand zu sehen, aber plötzlich kam eine Wache in goldenen Kleidern und mit einem goldenen Helm aus einem großen Eingang und ging direkt auf Oki zu.

„Guten Morgen, Oki Doki", sagte der stattliche Wächter. „Der König der Devas erwartet dich. Bitte folge mir."
Oki schaute zu dem Vogelgott auf, der ihn den ganzen Weg zu diesem magischen Platz getragen hatte.

Garuda lächelte ihm zu und sagte: „Mein Meister, der göttliche Vishnu, wartet auf mich in Vaikuntha, dem höheren Himmel. Wir werden uns bald wieder sehen."

Oki umarmte ihn zum Abschied und schaut hinterher als sich sein mächtiger Freund in den Himmel erhob. Dann drehte er sich um und folgte dem Wächter durch die Türen.

Sie gingen einen gewaltigen Gang entlang, der von ungewöhnlichen Statuen und Vasen und anderen Ornamenten gesäumt war. Aus Fenstern unter der Decke flutete das Sonnenlicht hinein. Für Oki war das alles wunderschön, aber das Beste von allem war der Gesang, dessen Echo er überall hörte und der von allen Seiten zu kommen schien. Die Musik wurde immer lauter, bis sie schließlich zum Ende des Ganges kamen, wo zwei Wächter vor einem großen Eingang standen.

Die Türen öffneten sich und Okis Mund blieb vor Ehrfurcht und Überraschung weit offen. Er stand am Eingang einer königlichen Empfangshalle, so groß, dass er das andere Ende gar nicht sehen konnte. Musik, Sonnenschein und unzählige wunderbare Leute und Geschöpfe füllten die Halle. Da waren starke, würdevolle Devas (Götter der Elemente), die mit ihren glitzernden Juwelen wie Sterne oder Sonnen aussahen. Es gab lachende, tanzende Tiere, von denen Oki einige, zum Beispiel die Einhörner, nur aus Geschichten kannte. Es gab tausende verschiedene Vögel, die alle in perfekter Harmonie miteinander sangen, sowie vielfarbige Engel mit goldenen oder silbernen Flügeln und weiße Engel mit reinweißen oder rosafarbenen Flügeln. Einige der Engel spielten Harfe, Flöte oder Glöckchen. Andere saßen auf dem Boden und spielten Trommel und Harmonium und sahen dabei ein wenig wie schelmische Äffchen aus.

Die Vögel lernen tatsächlich zu singen! dachte Oki.

Im nächsten Augenblick fand er sich zu seiner Überraschung in einer langen Reihe von Tänzern, die sich ihren Weg durch die Massen bahnten. Die Reihe glücklicher Seelen wandelte sich zu zwei großen Kreisen, einer um den anderen in Gegenrichtung drehend. Daraus wurde dann schließlich ein Stock-Tanz, bei dem jeder seinen Stock gegen den Stock des nächsten Partners schlug.

Oki hatte soviel Spaß beim Tanz mit einem freundlichen Löwen und einigen Baby-Engeln, dass er gar nicht merkte, als die Musik stoppte. Nach und nach setzten sich alle nieder. Plötzlich saß er auf dem dicken, weichen Schoß des Löwen und Stille erfüllte die Halle. Dann hörte er die schönste aller Musik. Die himmlischen Wesen sangen die herrliche Sahasrara-Mantra-Hymne von den tausend Regenbogen-Blütenblättern, zu Ehren der Himmlischen Mutterkaiserin. Oki war von solch einem überwältigenden Gefühl süßen Friedens erfüllt, dass er seine Augen schloss und einschlief, gerade dort mitten zwischen seinen neuen Freunden in der großen Halle von König Indras Palast, jenseits des Himmels.

KAPITEL 4

Die Herrscher der unteren Himmel

Oki erwachte in einem weichen, weißen Bett, das sich in einem großen, stillen Raum befand. An allen Wänden gab es hohe Fenster und durch jedes dieser Fenster flutete das warme Sonnenlicht herein. Gerade als er sich aufsetzte, flog ein bunter, kleiner Vogel aus dem nächsten Raum herein. Es war das Kolibrimädchen aus seinem Garten!

„Schön, dass du da bist, Oki. Ich hab dich beim Musikabend gesehen. Du hast wie ein Wirbelwind getanzt. Wenn du ausgeruht bist, würde dich der König gern empfangen. Folge mir bitte!" Und schon war das flinke, kleine Vogelmädchen auf dem gleichen Weg verschwunden, den sie gekommen war, ohne Oki die Zeit für eine Antwort zu lassen.

Oki folgte ihr so schnell er konnte. Sie durchquerten zwei Räume, die so ähnlich waren wie der, in dem er erwacht war und dann ging es hinunter durch einen weiten Gang, der zu einer goldenen Tür führte. Die Tür war offen und als Oki darauf zuging, merkte er, dass er zur großen Halle zurückkam — es war nicht die gleiche Tür, durch die er zum Musikabend gekommen war, sondern eine Seitentür am anderen Ende der Halle. Die Halle war nun leer bis auf ein wunderschön dekoriertes Podest ganz nahe an der hinteren Wand. Auf dem Podest standen zwei Throne und auf diesen beiden Thronen saßen die zwei reizendsten Wesen, die Oki je gesehen hatte. Ihre Gesichter leuchteten in einem altertümlichen, himmlischen Licht. Als er näher kam stand eine der beiden auf und lächelte ihn an. Es war König Indra selbst!

„Willkommen in Amaravati, lieber Oki. Deine Präsenz ehrt uns."

Oki ging langsam vorwärts, ein bisschen verlegen, weil er dachte, der König bedanke sich für Präsente (Geschenke), die er mitbrachte, aber in Wahrheit gar nicht hatte.

„Hmm — ich vergaß, Geschenke mitzubringen ...", begann er, doch der König unterbrach ihn fröhlich:

„Dies ist der erste Besuch, den wir je von einem Dharmatma wie dich hatten. Und das Chaitanya — die kühlen, lebenspendenden Vibrationen, die von deinem Herzen fließen — bringen uns mehr Freude als jedes irdische Geschenk."

„Was ist ein Dharmatma?", fragte Oki demütig.

Nun streckte die andere Person, die noch immer auf dem Thron saß, ihre Hände Oki entgegen. Er war überwältigt von ihrer großen Schönheit und ihrer leuchtenden Persönlichkeit, und er nahm all seinen Mut zusammen, um sich ihr zu nähern. Zu seiner großen Überraschung nahm sie ihn hoch und setzte ihn auf ihren Schoß und lächelte ihn mit einem himmlischen Lächeln an. Dann sprach sie ihn mit einer honigsüßen Stimme an:

„Kleiner Prinz und Sohn unserer Himmlischen Mutter. Ich bin Indrani, Königin von Devalok. Was mein Gatte dir zu erklären versucht, ist, dass es ein großer Segen der Himmlischen Mutterkaiserin ist, dass eines ihrer besonderen Kinder — eines ihrer unschuldigen Erdenkinder — um einen Besuch bei uns gebeten hat. Niemals vorher wurde uns so eine Ehre zuteil. Wir hoffen, dass du die Musik unserer Gandharvas genossen hast, und dass du uns für alle Unannehmlichkeiten entschuldigst, die du als unser Gast vielleicht gehabt hast."

Oki versuchte zu sagen, dass alles sehr bequem und angenehm war, aber die Königin lächelte nur und fuhr fort:

„Dein Kommen ist sehr verheißungsvoll, besonders in dieser wichtigen Zeit."

Oki wollte fragen, was „verheißungsvoll", bedeutet, wollte aber nicht schon wieder unterbrechen.

„Oki Doki, wir brauchen dich für eine ganz besondere Aufgabe. Kein anderer hier ist fähig, diese Aufgabe zu übernehmen, also sind wir ganz auf dich und deine Hilfe angewiesen. Willst du es versuchen?"

„Bedeutet das auf ein großes Abenteuer zu gehen?", fragte Oki eifrig.

„Ja, ein sehr großes Abenteuer", antwortete die

wunderschöne Königin.

„Okay! Ich werde es tun!", rief Oki aus. Die Königin Indrani und ihr Gemahl dankten ihm mit einer festen Umarmung und erzählten ihm von dem großen Abenteuer, das auf ihn wartete.

KAPITEL 5

Reisevorbereitungen

„Bevor wir dich auf deine Mission schicken, haben wir ein besonderes Vergnügen für dich", sagte die Königin. Sie nickte einem Diener zu, der soeben die Halle mit einem silbernen Tablett in der Hand betreten hatte. Auf dem Tablett stand ein silberner Becher, den die Königin nun nahm und Oki anbot. Als Oki den Becher an den Mund führte, roch er ein himmlisches Parfüm und als er die cremige Flüssigkeit trank, fühlte er sich, als würde er in einem Swimmingpool aus Glückseligkeit schwimmen. Er trank aus und gab den Becher an den Diener zurück und lächelte seine Gastgeber an.

„Dies ist Amrit, die Speise der Götter", erklärte ihm Indrani. „Es soll dich für die Aufgabe stärken, die nun vor dir liegt." Sie gab einem anderen Diener ein Zeichen und er brachte einen Sessel für Oki, der wie ein kleiner Thron aussah.

„Liebster Oki", begann König Indra, „seit langer Zeit waren wir Devas oft im Krieg mit den gemeinen Dämonen, den Rakshasas, die jede Möglichkeit nutzten, die guten Menschen zu terrorisieren und gegen uns zu kämpfen. Nun sind durch die Gnade unserer Himmlischen Mutter und Ihre Kraft der Liebe fast alle Rakshasas verschwunden ..."

„Ihr müsst nicht mehr mit den Rakshasas kämpfen?", unterbrach Oki, der die Legenden über diese Monster kannte.

„Nein. Kein kämpfen mehr. Die Rakshasas sind verschwunden, weil die Liebe unserer Himmlischen Mutter die guten Menschen stark gemacht hat und die schlechten schwach. Aber es gibt noch ein ernstes Problem, das uns hier in Devalok beschäftigt. Die Menschen haben noch immer zu viel Ego — dieser heiße, selbstgerechte Rabauke im Kopf, dem es nichts ausmacht, andere zu verletzen. Sie haben so viel Ego, dass die Hitze unser Königreich zu verbrennen beginnt. Unsere Blumen und Bäume sterben ab und meine Lieblings-Regenwolken, Avartaka und Pushkala, sind schon fast ausgetrocknet. Sogar auf der Erde schmilzt alles Eis und die Wüsten breiten sich aus. Diese Welle aus Hitze und Hass erdrückt die Liebe in den Herzen. Nur eine erleuchtete Seele, ein unschuldiges Erdenkind, das frei von den Ketten des Egos ist, kann uns allen helfen. Darum hat dein Erscheinen uns mit so viel Freude erfüllt."

„Nun, ich bin nur ein kleiner Bub, aber meine Morgenmeditation macht mich stark wie der Wind. Hanuman hat mir das gesagt — er ist mein Affen-Traumfreund und Kommandant der Armee der Engel — und er muss es wissen, denn er ist der Sohn des Windes", verkündete Oki.

„Ja, ich habe keine Zweifel, dass du sogar genauso stark bist wie dein Freund Hanuman selbst", sagte König Indra fröhlich. „Von uns wird er der Herrscher der Engel mit dem Löwenherz genannt oder auch Erzengel Gabriel, Hermes oder Merkur, und jeder, der sein Herz gewinnt, wird unverwundbar!"

Die Königin bemerkte, dass Oki das Wort „unverwundbar", nicht verstand, also erklärte sie es ihm, „Es bedeute: niemand kann dich verletzen."

Der König stand langsam auf, nahm Okis Hand und sprach: „Folge mir nach draußen in den Garten."

Plötzlich begann die Wand hinter dem Podest zu schimmern und zu verschwinden. Einige Sekunden später wurde Oki eine elegante Treppe in den königlichen Garten hinunter geführt. Die Farben und Formen und Gerüche erfüllten ihn mit Bewunderung und ließen ihn fast vergessen zu atmen.

„Toll, hier ist es ja noch schöner als in unserem Garten!", rief Oki aus. „Habt ihr auch Schaukeln?"

„Wir haben keine Schaukeln im Nandana-Garten", sagte der König, „aber hier ist etwas, das noch besser ist.", Und als sie um eine Mauer aus Blumen herum gingen, sah Oki etwas, das ihn alles vergessen ließ, das er jemals gesehen hatte. Es war ein riesiger weißer Elefant mit vier gewaltigen Stoßzähnen und wunderschönen leuchtenden Verzierungen.

„Oki Doki, darf ich dich mit Airavata bekannt machen,

mein Vahana-Gefährt. Er wird dein Gefährt und Diener sein für die große Reise, die vor dir liegt."

Und als König Indra diese Worte aussprach, fühlte Oki so etwas wie Schmetterlinge in seinem Bauch; aber er dankte seiner Himmlischen Mutter still in seinem Herzen und war gespannt, welche unglaublichen Dinge als nächstes passieren würden.

KAPITEL 6

Die wunscherfüllende Kuh

„Hab keine Angst, du kannst ruhig nähergehen", sagte Indrani. Also ging Oki direkt auf Airavata zu, der Okis Nase freundlich mit seinem langen Rüssel berührte. Oki schaute dem Elefanten in sein großes Auge und es kam ihm vor, als lächelte er.

„Ich denke, er mag mich", sagte er. „Aber wie komme ich auf ihn hinauf?",

Noch bevor er eine Antwort bekommen konnte, legte sich ein dicker Rüssel um ihn herum und hob ihn hoch, höher und immer höher bis zum Thron des Königs auf Airavatas Rücken.

„Hey! Das ist großartig!", rief Oki.

Aus dieser hohen Position konnte er weit in den königlichen Garten sehen. Zum ersten Mal, seit er in Amaravati angekommen war, bemerkte er die schroffe Hitze in der Luft. Und als er sich vorsichtig umblickte, sah er auch, dass die Blumen und Bäume tatsächlich müde und schwach aussahen.

„Wir wünschen dir viel Glück und Erfolg!", rief der König.

„Aber ich weiß nicht einmal, wohin ich gehen muss und

was ich tun soll!", rief Oki ein wenig ängstlich zurück.

„Keine Angst, kleiner Prinz", sagte die Königin von Amaravati, „Airavata kennt den Weg. Alle Vorbereitungen wurden getroffen. Ihr werdet auf Indradhanush, dem großen Regenbogen, reisen."

„Den Weg wohin?", fragte Oki. Aber die einzige Antwort, die er bekam, war ein Lächeln und das Winken des Königs Indra und seiner mächtigen Gemahlin, die kleiner und kleiner aussahen, als Oki und das königliche Gefährt sich in die Lüfte erhoben.

Als Oki hinunterblickte, meinte er einen kleinen Farbpunkt zu sehen, der auf ihn zukam. Einige Sekunden später wurde ihm klar, dass es kein Punkt, sondern seine Freundin, das Kolibrimädchen war, das schnell zu Okis Nase flog.

Dort schwebend summte sie: „Hey, Oki. Erinnerst du dich an mich? Wir haben uns in deinem Garten und in König Indras Palast getroffen. Mein Name ist Lulu, aber du darfst Lu zu mir sagen. Ich bin geschickt worden, um dir bei deiner großen Mission zu helfen. Ist das nicht aufregend?"

Oki versuchte zu antworten, konnte aber nichts sagen, weil Lulu bereits weiterredete.

„Schau, dort drüben! Dort ist der große Indradhanush. Wir sind schon fast auf ihm drauf."

Oki sah nach oben und entdeckte die Spitze des größten und farbigsten Regenbogens, den er je gesehen hatte. Sie flogen schnell durch leichte, goldene Wolken. Lulu saß nun auf Okis Knie, als sie auf dem Rücken des weißen Elefanten höher in den Himmel aufstiegen. Plötzlich durchquerten sie die Wogen einer dicken Wolke und im nächsten Moment merkten sie, dass sie auf einem festen Weg aus Farben anhielten. Da er so groß und breit war, bemerkte Oki zuerst gar nicht, dass er nicht flach war, sondern rund wie der Körper einer riesigen farbenprächtigen Schlange.

„Schau doch!", rief Lulu. „Er hat genau die gleichen Farben wie ich!" Und schon flog sie auf, um stolz ihre leuchtenden kleinen Federn zu zeigen.

Aber Oki beachtete sie nicht, weil etwas anderes seine Aufmerksamkeit in Anspruch nahm.

„Es scheint, als hätten wir Besuch", wisperte er leise.

Oki, Lulu und Airavata sahen still zu, wie etwas auf sie zukam. Es war eine weiße Kuh und sie ging sehr langsam über den Regenbogen auf sie zu. Als sie sehr nah war und stehen blieb, sprach Lulu sie an:

„Hallo Freund. Wir sind Kinder der Himmlischen Mutterkaiserin auf einer wichtigen Mission für König Indra, Herr der Devas. Bitte sag uns, wer du bist und was du möchtest."

Die Kuh sah mit ihren großen braunen Augen zu dem Vogel und dem Kind auf dem Rücken des Elefanten empor und sagte mit einer freundlichen, tiefen Stimme:

„Ich werde Kamadhenu genannt, die wunscherfüllende

Kuh. Ich bin gekommen, um Prinz Oki Doki einen Wunsch anzubieten. Er kann um etwas bitten und es wird in Erfüllung gehen."

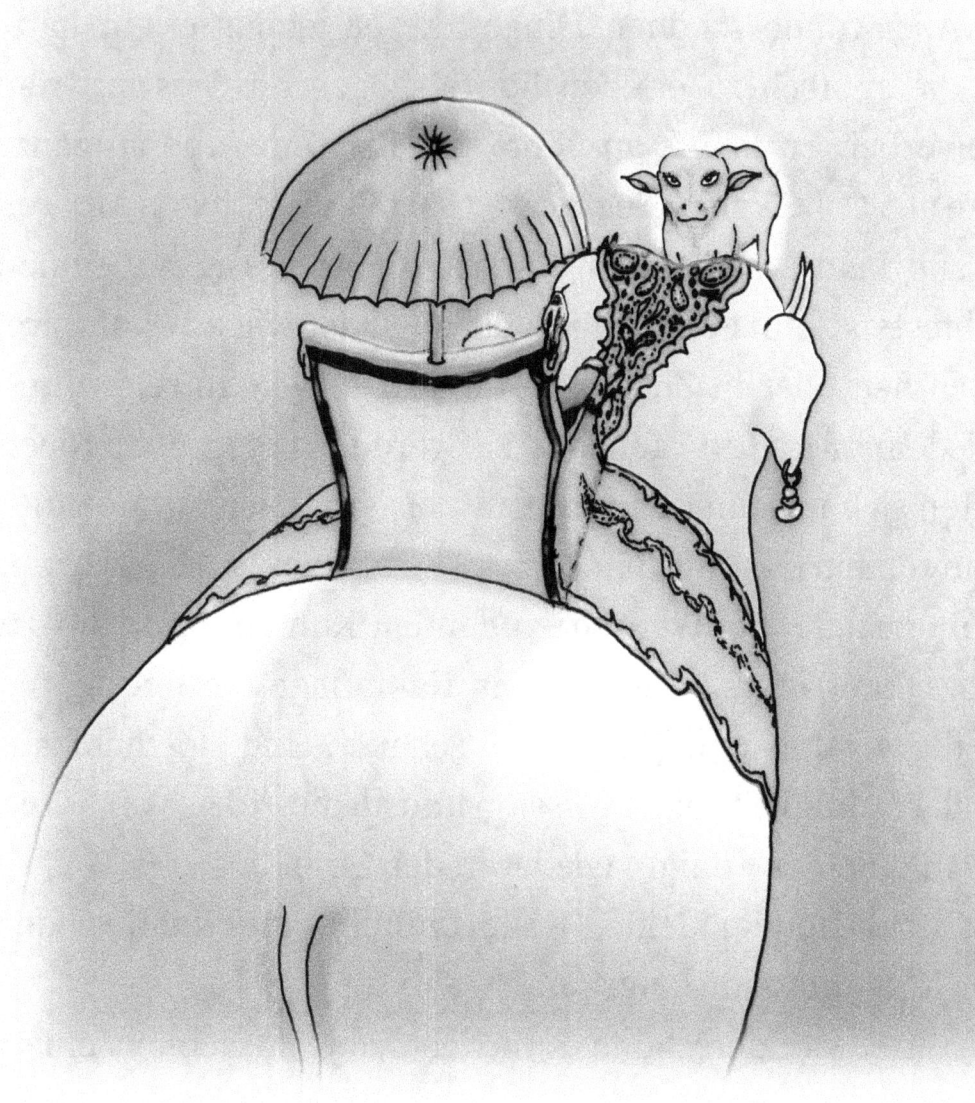

KAPITEL 7

Der Ritt auf dem Regenbogen

Alle wunderschönen Dinge, die er jemals erlebt hatte oder die er noch zu erleben hoffte, flogen an Okis innerem Auge vorbei. Er dachte an Berge von Eiscreme und an ganze Flüsse aus Cola. Er überlegte, wie es wohl wäre, jeden Morgen in Disneyland aufzuwachen und den ganzen Tag mit seinen beliebtesten Comic-Helden zu spielen. Oder wie es wohl wäre, auf Schiffen oder in Zügen um die ganze Welt zu reisen und von jedem „*Kapitän*" genannt zu werden. Ideen über Ideen türmten sich in seiner Fantasie auf, bis ein leiser, summender Ton an seinem Ohr ihn aus seinem Tagtraum riss. Es war Lulu, die ihn drängte, der wünscherfüllenden Kuh eine Antwort zu geben. Oki errötete, als er sich an Kamadhenu erinnerte, die geduldig vor ihm stand und ihn anschaute. Und plötzlich kam ihm die Wichtigkeit seiner Mission und all die Worte von König Indra und Seiner Königin wieder in den Sinn.

Er sah zu dem kleinen Kolibri hinüber und dann wieder zu der Kuh und sagte langsam:

„Bitte, wunderschöne Kuh, ich habe tatsächlich einen

Wunsch: Ich wünsche mir, dass die ganze Hitze und der Hass aus den menschlichen Egos durch die kühle Brise der Liebe unserer Himmlischen Mutter abgekühlt werden möge. Und dass unsere Mission dazu beiträgt, dass sich dies erfüllt. Dies wünsche ich mir von ganzem Herzen."

Als er zu Ende gesprochen hatte, floss ein kühler, göttlicher Wind aus Vibrationen aus seinen Händen und dem Scheitel seines Kopfes und wehte in Kreisen um ihn, den Vogel, den Elefanten und die Kuh herum.

Kamadhenu lächelte ein breites Lächeln und sagte:

„Du hast gut gewünscht, kleiner Prinz. Auf Wiedersehen und viel Glück." Und damit verformte sich die weiße Kuh des Himmels langsam in eine weiße Wolke und erhob sich in die Lüfte.

Oki sah ihr nach, bis die Wolke außer Sicht war. Gerade wollte er Lulu fragen, was sie als nächstes tun sollten, als etwas in seiner Hand erschien. Er war so überrascht, dass er es fast fallen ließ. Oki wollte seinen Augen kaum glauben … es war eine Tüte mit Eiscreme! Die war sehr lecker, und seine Freunde bekamen auch etwas davon. Airavata nahm vorsichtig ein kleines Stück mit dem Ende seines Rüssels und manövrierte es in seinen Mund. Lulu jedoch hatte das Eis über das ganze Gesicht verschmiert, als sie es mit ihrem winzigen Schnabel zu essen versuchte. Nachdem sie ihr Vergnügen beendet hatten und Oki das Gesicht des kleinen Vogels gesäubert hatte, marschierte der große weiße Elefant los. Einen Moment später schlitterten sie den glatten Regenbogen hinunter und wurden schneller und schneller.

„Halt dich fest!", piepste Lulu, „Es geht lo-o-o-s!"

„Wohin?", rief Oki.

„Hab ich vergessen es dir zu erzählen?", fragte Lulu zurück, die unter seinem Arm saß. „Nach Bhogavati, der Stadt des Wasserkönigs unter dem Ozean. Juchuuuuuu!"

Immer weiter rasten sie den gigantischen Regenbogen hinunter und sahen viele wunderschöne Bilder auf ihrem Weg. Durch Berge von weißen Wolken leuchtete manchmal das Sonnenlicht auf unsichtbare Eiskristalle in der Luft, die um die Reisenden herum tanzten wie Millionen kleiner Feen. Einmal bemerkte Oki einen Schwarm großer Vögel, der unter ihnen flog.

„Das sind Albatrosse", rief Lulu ihm zu, „Sie sind gute Freunde des Wasserkönigs." Je näher der Abend kam, desto mehr färbten sich die weißen Wolken in rosa, orange und gelb. Große, dunkle Schattenberge türmten sich hinter ihnen auf. Plötzlich funkelten Blitze wie ein fantastisches Feuerwerk am Himmel.

„Wau!", rief Oki aus.

„König Indra zeigt uns ein wenig von Seiner Macht," rief Lulu „und reinigt unseren Weg von allem Bösen."

Bald konnten sie den endlosen, dunklen Ozean unter

sich sehen, als sie in vollem Tempo auf ihrer Rutsche, dem Indradhanush-Regenbogen, darauf zu rasten.

KAPITEL 8

Durch den „goldenen Topf"

Als sie sich der Oberfläche des Ozeans näherten, sahen sie die Sonne gerade noch am Horizont untergehen. Genau in diesem Augenblick ereignete sich noch etwas Unerwartetes. Bis jetzt waren sie auf der riesigen Röhre des Regenbogens geritten, aber nun schien es, als ob sie mitten hineinsinken würden! Schon bald fanden sie sich rundherum beschützt in der Mitte des Regenbogens. Noch immer rasten sie auf das Meer zu. Draußen war es schon fast dunkel, als die großen Wellen immer näher und näher kamen und das Glänzen der Farben um sie herum verschwunden war. Als sie das Wasser genau vor sich sahen, machten sich Oki und Lulu für das große **Platsch** bereit. Sie schlossen die Augen und hielten den Atem an, als sie die schäumende See erreichten — aber nichts geschah! Sie rutschten weiter hinunter, inmitten des Regenbogens, völlig trocken unter Wasser.

Um sie herum tat sich eine neue Welt auf. Zuerst war das Einzige, was sie sehen konnten, kleine phosphoreszierende Funken im dunklen, wirbelnden Wasser. Sie entdeckten auch ein oder zwei umherschwimmende Aale. Aber zu ihrer großen Überraschung konnten sie besser sehen, je tiefer sie kamen. Nach kurzer Zeit war es hell genug um Schwärme von farbenprächtigen Fischen und Wiesen aus Teetang, die um sie herum trieben, zu beobachten. Ihr Regenbogen bekam in dem sanften Licht, das vom Meeresboden hinaufschimmerte, all seine scheinenden Farben zurück. Sie steuerten auf eine strahlende Luftblase zu, die sehr winzig aussah und weit, weit unter ihnen zu liegen schien. Diese *Luftblase*, war in Wahrheit eine riesige Kuppel über der Stadt, die Bhogavati genannt wurde, wo König Varuna, der Beschützer allen Wassers, mit seinen Leuten lebte.

Es war Oki, der nach der langen Reise als erster sprach, „Schau, Lu, das Licht kommt von dem Platz dort unten, genau dort, wo der Regenbogen endet."

„Ich hoffe, es wird nicht zu nass werden", antwortete Lulu, „Ich habe noch nie versucht unter Wasser zu fliegen."

Nun konnten sie alles ganz klar sehen: Das kristallklare blaugrüne Wasser, unzählige Fische und andere interessante Wasserwesen. Auch wunderschöne Wasserbäume und Blumen gab es. Allmählich wurde Airavata langsamer, als er sich ihrem Ziel näherte. Einen Moment später durchquerten sie das Dach der Stadt und gelangten hinunter in einen herrlichen Garten. Im Zentrum des Gartens war ein riesengroßer, goldener Behälter. Dort endete der Regenbogen. Als sie sanft in diesem großen goldenen Topf landeten, öffneten sich auf einer Seite zwei geschwungene Türen.

„Hey, dies muss der berühmte *Topf* am Ende des Regenbogens sein", rief Oki aus. „Aber in Wahrheit ist es ein goldener Topf, kein Topf mit Gold gefüllt."

Lulu freute sich, endlich wieder fliegen zu können.

„Es ist überhaupt gar nicht nass hier", summte sie ausgelassen.

Airavata ging langsam durch die große Tür in den Garten hinein, wo Okis Augen auf so viele wunderschöne Dinge fielen, dass er nicht wusste, wo er zuerst hinschauen sollte.

Eine Menge ungewöhnlicher Wesen war dort versammelt, um sie zu begrüßen; einige standen auf festem Boden, andere beobachteten ihn aus großen, mit Meerwasser gefüllten Becken (die mit dem Meer draußen verbunden waren). Einige der Leute waren halb Fisch halb Mensch; andere ritten auf großen Seepferdchen und viele sahen aus wie die himmlischen Devas, die er am Hofe von König Indra gesehen hatte, nur ein bisschen weniger himmlisch und etwas mehr *unterwasserisch*.

Dann schritt der größte und am königlichsten aussehende der Devas vorwärts und sagte mit einer lauten, vergnügten Stimme:

„Lieber Oki Doki, ich bin König Varuna. Ich und mein Volk heißen dich mit offenem Herzen in Bhogavati willkommen!"

Dann lachte er so laut auf, dass alle in sein Lachen einfielen, auch Oki, der so lange lachte, bis sein Bauch weh tat!

KAPITEL 9

Überraschungen unter dem Meer

Als alle mit dem Lachen aufgehört hatten, sprach König Varuna wieder:

„Liebe Gäste, bitte folgt uns in den Seeobstgarten, wo unser Picknick bereits auf uns wartet."

Okis Magen knurrte bei dem Wort „Picknick". Das Eis, das sie oben auf dem Regenbogen gegessen hatten, war zwar lecker, aber durch drei geteilt war es nicht sehr sättigend gewesen. Als sie alle durch den Garten gingen, fragte er sich, welche Art von Essen wohl hier unten serviert würde. Vielleicht schmeckt hier alles nach Fisch und salzig, dachte er, als er sich nach all den Meerjungfrauen, Wassernixen und den anderen Meeresbewohnern umschaute. Aber er musste nicht lange darüber nachgrübeln, denn schon bald half ihm jemand vom Elefantenrücken herunter auf eine sanfte, weite, grüne Wiese mit sanftem, gummiweichem Gras. Über den Köpfen hingen die Äste von seltsamen Bäumen voller farbenprächtiger Früchte. Oki setzte sich neben den König ins Gras, mit Lulu auf seinem Schoß. Zuerst aßen sie einige der Früchte, die nicht im geringsten salzig waren, sondern süß und saftig. Danach gab es etwas, das wie Nudeln mit Käse aussah und eine Art Gemüse. Normalerweise mochte Oki kein Gemüse, aber dieses hatte so einen tollen, angenehmen Geschmack, dass er sogar mehr erbat. Danach gab es noch ein kühles Getränk und dann die Krönung: Eiscreme als Nachtisch.

Die Mahlzeit wurde vom melodischen Klang der Gespräche untermalt, von denen Oki das meiste nicht verstand. Aber jetzt wurde die Atmosphäre stiller und stiller und er bemerkte, dass sich alle niederlegten, nachdem sie gegessen hatten. Oki legte sich also auch nieder und fiel sofort in einen tiefen Schlaf.

Als er wieder erwachte, war das Erste, das er von seinem Platz auf dem Gras aus sehen konnte, der Rücken des Königs, der noch immer neben ihm saß, und der Rand seines langen Bartes, der sich hin und her bewegte wenn er sprach. Als Oki sich aufsetzte, sah er, dass es Lulu war, zu der er sprach. Lulu saß auf der Hand des Meereskönigs und hörte aufmerksam zu, was er ihr erklärte.

Der König bemerkte, dass Oki aufgewacht war, lächelte und sagte: „Ich hoffe, du hast gut gegessen und geschlafen, Prinz Oki. Eine weitere lange Reise liegt vor dir, wie ich deiner kleinen Reisebegleiterin gerade erklärt habe."

„Ah, ja Sir. Ich bin sicher, Sir", nickte Oki ein wenig schläfrig. Und dann, nach einem gedankenvollen Moment, fügte er hinzu: „Warum nennt mich jeder *Prinz*?"

„Als Sohn der Himmlischen Mutter, die die Göttliche Kaiserin aller Universen ist, bist du dieses Titels tatsächlich würdig. Nennen die Buben und Mädchen deiner Welt sich nicht so?"

„Nein, eigentlich nicht. Die meisten wissen nichts über unsere Himmlische Mutterkaiserin. Aber ich bin sicher, wenn sie Sie in ihren Herzen fühlen würden, würden sie ebenfalls bemerken, dass sie Ihre Prinzen und Prinzessinnen sind."

„Viele werden das noch fühlen, da kannst du dir sicher sein", antwortete der König Varuna zuversichtlich. „All unsere Anstrengungen zielen darauf ab."

In diesem Moment rannte ein Bote auf sie zu. Völlig außer Atem berichtete er dem König etwas in einer Sprache, die Oki nicht verstand. König Varunas Gesicht verdunkelte sich und wurde sehr ernst, während der Bote sprach. Dann, nach einer kurzen Stille, drehte sich der Herr des Meeres zu Oki und sagte:

„Es gilt keine Zeit zu verlieren. Mutter Erde, Ihre Himmel- und Ihre Wasser-Königreiche sind in großer Gefahr und leiden schmerzlich. Die Hasswelle, die vom allgemeinen Ego ausgeht, vergrößert sich in alarmierender Weise und droht alle Süße und Schönheit in den drei Welten zu ersticken. Du musst sofort losziehen. Alles hängt vom Erfolg deiner Mission ab!"

KAPITEL 10

Letzte Anweisungen

„Am Fuße des heiligen Berges Kailash gibt es einen See", fuhr der Meereskönig fort, „oben in der weltlichen Heimat der Himmlischen Mutter. Dieser gesegnete See wurde am Anfang der Zeiten von der Göttin Alaknanda erschaffen. Sie ist der reine Wunsch des göttlichen Shivas, der der Beschützer der reinen Herz-Seele ist. Auf der Erde ist Sie als Ganga bekannt. Sie kam, um diejenigen, die nach der Wahrheit suchen, nach Hause zu geleiten, zum Reich ihrer Himmlischen Mutter in ihrem Herzen, indem Sie die kühlenden, göttlichen Vibrationen vom Himmel zur Erde brachte. Alaknanda bedeutet, dass Sie wie Wasser vom Sahasrara — am Scheitelpunkt des Kopfes ihres Herrn in den hohen Himmeln — herunterkam. Der erste Ort, den Sie auf der Erde berührte, war am Fuße von Shivas Thron, Berg Kailash im Himalaya. Dieser Bergrücken ist der hohe und heilige Sahasraralotus auf der Erde. Dort bildete Sie den magischen See Manasarovar. Das ist dein eigentliches Ziel. Airavata kennt den Weg zum Gipfel deiner Welt. Hast du irgendwelche Fragen?"

Oki sah zu Lulu hinüber, dann auf das Gras hinunter, dann zurück auf das ernste Gesicht des Königs und sagte: „Mir fällt gerade nichts ein, Sir."

„Dann lass uns die Mantra-Hymne zu dem Kindgott Ganesha singen, den Beschützer der Erde mit dem Elefantenkopf, der auch alle Hindernisse beseitigt."

Sie sangen die heilige Hymne und als sie das taten, erfüllte eine göttliche Brise den Garten, genau dort wo sie saßen. Alle Sorgen, die Okis Herz schwer zu machen begonnen hatten, verschwanden mit einem Schlag. Er stand auf und verneigte sich vor dem König, der wieder lächelte und den Jungen auf den Kopf küsste. Airavata, der aussah wie ein verschneiter, mit goldenem Sonnenschein geschmückter Berg, kam auf Oki zu und hob ihn mit seinem Rüssel hinauf. Lulu flog auf und nahm auf Okis Schoß Platz. Als sie alle so durch den Garten marschierten, Oki an der Spitze auf seinem königlichen Elefanten sitzend, auf dem König Varunas Hand ruhte, fühlte sich Oki zum ersten Mal wie ein echter Prinz.

Bevor die drei Reisenden den großen goldenen Topf betraten, sah der König zu Oki auf und sagte: „Hab keine Angst, kleiner Prinz. Es ist dir bestimmt, mit deiner Mission erfolgreich zu sein. Aber falls du dich jemals in Gefahr befindest, sag einfach den Namen des Erzengels Hanuman. Er wird dir mit Seiner Armee von Engeln zu Hilfe eilen."

Airavata drehte sich im Topf um, um den König des

Meeres und Seine Leute anzusehen. Als sich die große Tür langsam schloss, betrachtete Oki all die liebevollen Gesichter und winkte ihnen zum Abschied zu. Einen Moment später war er gemeinsam mit seinen Reisebegleitern wieder im Flug, aber diesmal ging es den Regenbogen hinauf. Die Luftblase von Bhogavati wurde unter ihnen kleiner und kleiner und ihr Licht wurde schwächer und schwächer. Wieder war der Regenbogen unsichtbar, als sie durch die Dunkelheit hinaufreisten.

Nach einigen Momenten der Stille begann Lulu zu singen:
„Weit, weit weg
Am Gipfel der Welt
Wo die Heiligen beten
Und die vier Winde wirbeln
Meditiert der Vater allen Lebens
Im OM
Während die Mutter
Alle Lämmer nach Hause ruft."

„ Das ist ein wunderschönes Lied, Lulu. Wo hast du das gelernt?", fragte Oki.

„Meine Mutter hat es mir oft vorgesungen, als ich ein Babyvogel war", antwortete Lulu. „Es fiel mir gerade wieder ein. Aber das ist nur der Anfang, ich habe den Rest vergessen."

Bald wurden sie von einem warmen, salzigen Wind auf ihren Gesichtern überrascht und hörten das Geräusch von

Wellen am Strand.

„Wir haben den Regenbogen verlassen", rief Oki aus. „Ich glaube, Airavata watet durch das Wasser zum Ufer."

Zunächst war es noch zu dunkel, um irgendetwas zu erkennen, aber bald bemerkten sie ein sanftes, gelbes Licht, das vom östlichen Horizont kam. Die Sonne wurde gerade wach.

„Schau", rief Lulu, „Surya, der Sonnengott, bringt den Morgen!"

KAPITEL 11

Der klingende Dschungel

Als sie sich dem trockenen Grund näherten, sahen sie eine dunkle Linie aus Bäumen vor sich.

„Schau, dies muss der klingende Dschungel sein!", rief Lulu aufgeregt. All die abenteuerlichen Erlebnisse hatten sie mittlerweile in helle Aufregung versetzt.

„Der klingende Dschungel?", fragte Oki eindringlich. „Warum wird er so genannt?"

„Vor langer, langer Zeit hingen die himmlischen Freunde der heiligen Männer kleine Glöckchen in alle Bäume, um diese Heiligen zu warnen, sobald böse Rakshasas kamen, die ihre frommen Rituale stören wollten", erklärte Lulu.

„Oje, glaubst du, es gibt noch immer einige dieser ekligen Kreaturen in der Gegend?", fragte Oki.

„Mach dir keine Sorgen", sagte Lulu. „Du weißt, was König Indra gesagt hat. Die Rakshasas sind weg. Die einzigen ekligen Kreaturen, die wir hier finden werden, sind Mücken!"

Als sie zum Strand kamen, setzte Airavata Oki sanft zu Boden und machte sich auf die Suche nach einem Frühstück.

Bald kam er mit einem Rüssel voller trockener Früchte zurück, die er mit seinen kleinen Freunden teilte. Die beiden hatten sich bereits im warmen Sand ausgestreckt. Sie wollten bleiben und den Sonnenaufgang beobachten, aber Airavata drängte Oki schon bald wieder auf seinen großen Rücken zu steigen. Als beide Passagiere wieder auf ihren Reiseplätzen Platz genommen hatten, marschierte er stetig auf den Dschungel zu, den er schon viele Male zuvor mit seinem Herrn, dem Herrscher der Devas, besucht hatte.

„Ich habe schon so viel von diesem Platz gehört", prahlte Lulu. „Hier kannst du die schönsten Bäume der Welt finden: Bakula, Ashvatthan, Ashoka, Palasa, Kadmamba, Panasa, Kritamala, Madhuka und Karavira; und alle blühen sie und ihr Duft steigt direkt in den Himmel auf. Angeblich sind sie eigentlich Fontänen kühlen Wassers, das aus unterirdischen Quellen entspringt...."

Lulu fuhr fort mit ihrer wichtigen Lektion, aber Okis Aufmerksamkeit wurde von seiner neuen Umgebung angezogen. Sie hatten den Dschungel gerade betreten und irgendwie passte sein Aussehen gar nicht zu Lulus enthusiastischer Beschreibung.

Nach einer Weile unterbrach Oki seine kleine Freundin: „Hey Lu, ich glaube, irgendetwas stimmt hier nicht!"

Das kleine Vogelmädchen beendete ihren Redeschwall und schaute sich um. Die wunderschöne Traumwelt, die es beschrieben hatte, schien eher einem Alptraum zu gleichen. Je mehr sie sich vom Meer entfernten, desto trockener, schwärzer und hässlicher wurde der Dschungel. Tote Pflanzen, die überall auf ihrem Weg lagen, wurden unter Airavatas Füßen zermalmt und eine Hitzedecke senkte sich langsam von oben auf sie herab.

„Der Fluch des Egos hat sogar diesen Ort erreicht", sagte Oki traurig.

„Ich hätte es wissen müssen", sagte Lulu. „Die Frucht des Panasabaumes, die wir am Strand gegessen haben, hätte rund und saftig sein sollen, nicht trocken und schrumpelig. Hoffentlich kommen wir nicht zu spät zu dem magischen See! Stell dir vor, wenn der See schon ausgetrocknet ist!"

„Warum *fliegt* Airavata nicht einfach dorthin?", fragte Oki.

„König Varuna sagte mir, dass die Hitze im Himmel sich so rasch ausbreitet, dass wir an Land unter den Bäumen reisen sollen, so lang es möglich ist", antwortete Lulu.

Schweigend reisten sie weiter. Die Hitze war nun überall um sie herum und sie waren ständig durstig. Sie tranken aus Saftflaschen, die die Meermenschen ihnen gegeben hatten, aber es würde nicht mehr lange reichen. Es gab keine Anzeichen von Leben auf ihrem Weg, nicht einmal Mücken, und kein klingendes Glöckchen wurde gesichtet oder gehört.

Es war schon dämmrig und Oki und Lulu waren schon

fast eingeschlafen, als ein plötzlicher Krach sie wachrüttelte. Jemand rief laut. Sie schauten auf und sahen ein kleines Wesen, das auf sie zuflog. Es war ein Vanadevata, eine Baumnymphe, die den Wald bewachte.

„Geht zurück!", schrie sie. „Rennt um euer Leben! Es kommt!"

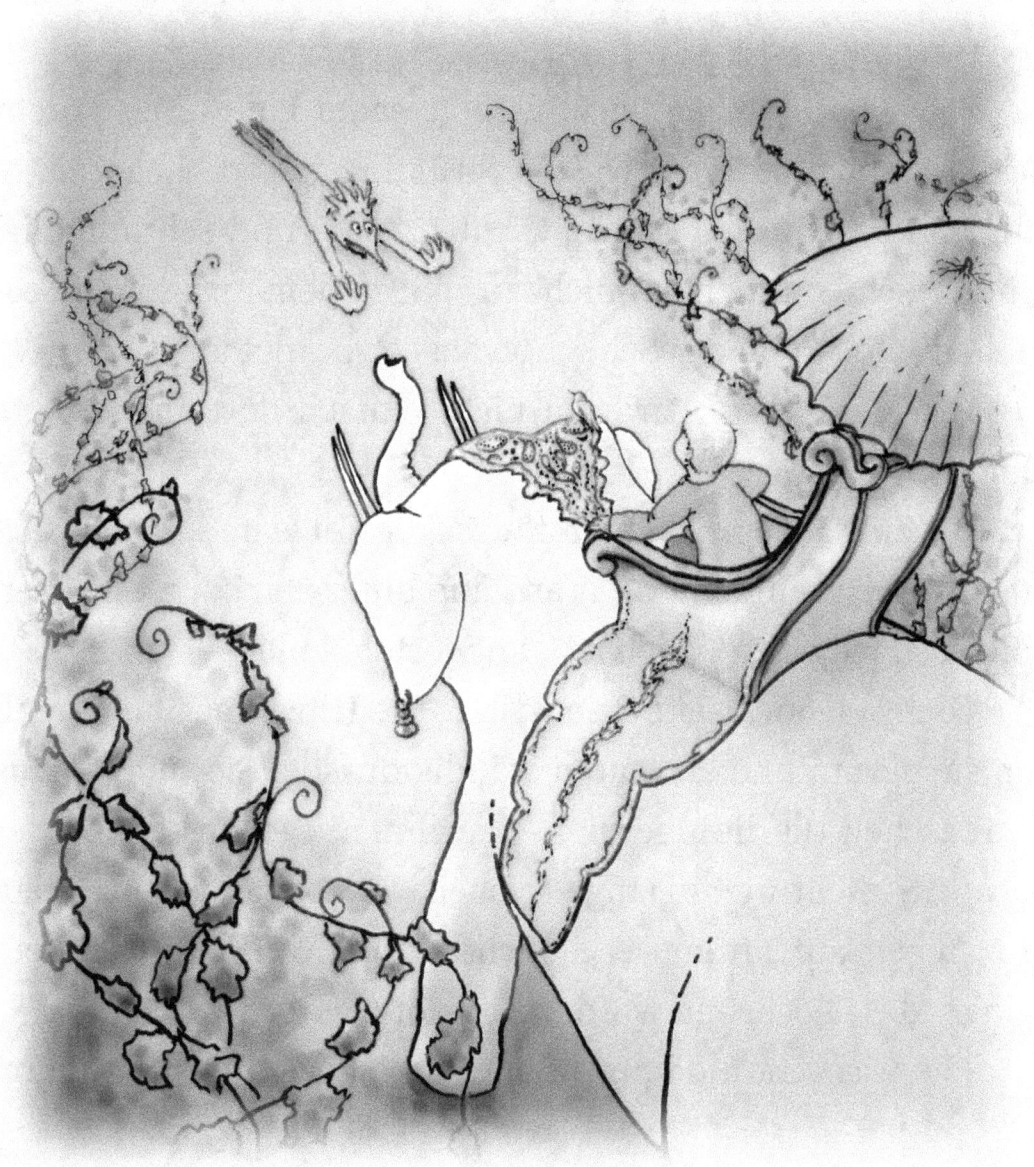

KAPITEL 12

Tanz mit den Affenengeln

Oki and Lulu starrten die kleine Kreatur nur mit offenem Mund an. Schon erschrocken über das Aufsehen erregende Erscheinen, machte sie die Tatsache, dass etwas Furchtbares folgen würde, sprachlos vor Angst.

Schließlich fragte Oki: „Wa — was kommt ?"

Das zitternde, kleine Gesicht vor ihm sagte: „Oh, oh, oh, das Feuer! Das Feuer! Lauft weg, wenn ihr könnt!"

In diesem Moment ließ Airavata ein lautes Trompetengeräusch hören, den Rüssel steil nach oben gerichtet, als die staubige Dunkelheit um sie herum durch ein wildes Licht ersetzt wurde. Direkt vor sich konnten sie durch die Äste und Stämme der Bäume hindurch Feuerzungen erkennen, die sich den Weg durch den trockenen Wald bahnten. Die Baumnymphe schrie auf und flog in Richtung Meer. Airavata stampfte mit dem Fuß auf den Boden und trompetete noch einmal. Das Geräusch des Feuers wurde immer lauter. Oki ging das alles zu schnell.

„Was sollen wir tun? Was sollen wir tun?", rief er.

„Ruf die Engeln", rief Lulu zurück.

Also nahm Oki einen tiefen Atemzug und rief so laut er konnte: *„Hanumana-a-a-a-!!!!!"*

Plötzlich kam ein kühler Wind vom Meer her, das schon so weit hinter ihnen lag, und traf das Feuer wie eine Flutwelle. Im gleichen Moment sprangen tausende von weißen Affen aus den Bäumen und hasteten auf den brennenden Wald zu. Angeführt wurden sie von einem großen Affen mit einer goldenen Krone. Sie konnten hören, wie er irgendetwas ausrief, während er sich um das Feuer kümmerte.

Er rief: *„Jai Shri Mataji!"*, (was so viel bedeutet wie: „Ruhm und Sieg für die Große Mutter!") mit einer tiefen, gewaltigen Stimme, so dass Oki Stärke und sogar Freude in sein Herz zurückkehren fühlte.

Tatsächlich fühlte sich Oki nun so stark und glücklich, dass er sofort vom Rücken des Riesenelefanten heruntersprang und zu den Engeln, die wie Affen aussahen, hinlief und rief: „Hanuman, ich komme!"

Als er sich dem Feuer näherte, sah er, dass all die Affen auf den brennenden Bäumen und Büschen tanzten, um so die Flammen zu ersticken. Oki sprang mit ihnen zusammen herum. Starke Wirbelwinde stürmten über den Feuersturm hinweg. Immer wieder kam der Rauch in sein Gesicht, so dass er seinen Atem anhalten und seine Augen schließen musste. Genau in so einem Augenblick, als er die Augen gerade kurz geschlossen hatte um sich vor dem beißenden Rauch zu schützen, fühlte er einen furchtbaren Schlag auf der Seite seines Kopfes und alles wurde schwarz um ihn herum.

Das erste was er sah, als er wieder zu sich kam, war Lulu, das farbenfrohe Kolibrimädchen, das auf der Spitze von Airavatas langem, weißen Rüssel saß; und das erste, das er hörte war ... Glockengeläut! Er versuchte sich aufzusetzen, aber als er spürte, wie ein Schmerz durch seinen Kopf schoss, legte er sich lieber wieder hin. Er griff an seinen Kopf und fühlte ein Bündel aus nassen Blättern.

„Guten Morgen, Schlafmütze!“, piepte Lulu fröhlich. „Du hattest eine schöne Zeit letzte Nacht — zumindest, bis dieser Baum auf dich gefallen ist. Hanuman war sehr stolz auf dich! Du hast mitgeholfen, dieses feige Ego-Feuer zu beenden. Er brachte uns zu diesem Fluss hier und dann flog er weg, um die Sanjivakarani-Blätter für deine Wunde zu besorgen. Sie sind mit dem heiligen Wasser dieses Flusses getränkt. Man nennt ihn Ganga. Fühlst du dich schon besser?“

Lulu sprach so schnell, dass davon Okis Kopfschmerz nur noch schlimmer wurde. Aber sobald sie aufhörte, beruhigten ihn das sanfte Gurgeln des Wassers und das Klingeln der winzigen Glöckchen sofort wieder.

Als er sich besser fühlte, antwortete er: „Ich bin in Ordnung, Lu. Aber wo sind Hanuman und seine Helfer? Ich hätte mir so sehr gewünscht, noch etwas mit ihnen zu spielen!“

„Er hat gesagt, er würde uns gern begleiten, aber dass es nicht gehe, weil es noch viele andere Notfälle gibt, um die er sich kümmern muss", erklärte Lulu. „Er hat gesagt, wir sind sicher, solange wir diesem Fluss folgen. Bist du soweit, dass wir gehen können?"

„Na klar", antwortete Oki, „lass uns eilen, bevor noch etwas passiert!"

KAPITEL 13

Gobbldis Ego

Der Platz an dem heiligen Fluss, wo Oki aufgewacht war, war das nördliche Ende des Glöckchen-Dschungels. Hier waren die blühenden Bäume und Büsche noch immer saftig und schön, weil die reinen Vibrationen des Flusswassers sie am Leben hielten. Doch nun führte ihre Reise von den Schönheiten der Natur weg zu der feindseligen und unnatürlichen Welt der modernen Zivilisation. Trotz der Liebe dieses großartigen Flusses, der wie eine Mutter seine Umgebung nährte, behandelten selbstsüchtige, gierige Menschen ihn völlig respektlos. Oki und seine Freunde waren entsetzt über die Hässlichkeit, der sie auf ihrem Weg entlang des Ufers begegneten.

Der erste Schock traf sie, als sie die Lieblichkeit des Waldes verließen und auf eine kleine Industriestadt zusteuerten. In der Ferne sahen sie schwarzen Rauch in den heißen Himmel aufsteigen und als sie näher kamen, bemerkte Oki, dass das Flusswasser ganz ölig aussah. Wie er so auf das schmierige Wasser starrte, sprang plötzlich ein riesiges, schmutziges Krokodil aus dem Fluss und landete genau auf ihrem Weg! Airavata blieb so abrupt stehen, dass Oki das Gleichgewicht verlor und auf den Boden hinunterfiel. Als er den Kopf hob, schaute er dem Krokodil geradewegs ins Gesicht. Normalerweise würde Oki sich so erschreckt haben, dass er zu weinen begonnen hätte, aber stattdessen begann er zu lachen! Denn dieses alte Krokodil trug den Hut eines Menschen auf dem Kopf und dadurch sah es so lächerlich aus, dass Oki nicht anders konnte als laut aufzulachen. Im nächsten Moment kicherten auch Lulu und Airavata.

„Wie könnt ihr es wagen, in meiner Gegenwart zu lachen?", brummte das eingebildete, alte Reptil. „Ich bin der große Gobbldi, Fluss-Chef von Gandapur. Habt ihr keine Angst vor mir?"

„Nun ja, ich hätte schon Angst", kicherte Oki, „wenn du nicht so albern aussehen würdest!" Als er das sagte, mussten Lulu und Airavata noch lauter lachen.

Als das Krokodil bemerkte, dass sie über seinen Hut lachten, gab er empört bekannt: „Vielleicht wird es euch interessieren, dass dies der Hut eines großen Fabriksbosses war, den ich eines Tages als Mittagessen verspeist habe! Niemand wird diesen Weg passieren ohne Gobbldi Zoll zu zahlen. Was könnt ihr mir anbieten?"

Lulu konnte nicht widerstehen, das eigennützige, alte Biest zu ärgern und flog auf seine Nase und kicherte: „Natürlich würden wir eine großzügige Zahlung für euren Segen machen, oh Großer Gobbldi, aber es scheint, als ob du alles hättest, was man sich jemals wünschen könnte."

Daraufhin hatten sie nun alle einen Lachanfall. In seinem Wutanfall tat das alte Krokodil etwas, auf das niemand vorbereitet war: Blitzschnell öffnete es sein Maul und als er es wieder schloss, war Lulu drinnen gefangen! Oki sprang auf und schrie, aber der weise und uralte Airavata sprang im gleichen Moment in die Luft und landete auf dem Schwanz des Krokodils. Das riesige Maul öffnete sich und heraus sprang Lulu wie eine Kanonenkugel. Gobbldi das Krokodil glitt ins ölige Wasser zurück und wurde niemals wieder gesehen.

Lulu ruhte sich in Okis Hand aus, ihr kleines Herz schlug noch immer ganz wild.

„Bis du okay, Lu?", fragte Oki mit ängstlicher Stimme. Als sie sich wieder gefangen hatte und zu zittern aufhörte, fügte er hinzu, „Das wird dich lehren, das Ego eines alten Dinosauriers nicht zu ärgern!"

„Sogar die Dinosaurier entwickeln also ein Ego?", zirpte Lulu. „Hast du sein Gesicht gesehen, als er diesen alten Hut verteidigte? Ich glaube, er war besessen von dem Geist dieses Fabriksbosses!"

Als sie sich an den empörten Gesichtsausdruck erinnerten, fingen sie alle wieder zu lachen an. Und Airavata lachen zu hören, ließ Lulu und Oki nur noch lauter lachen. (Wenn du jemals das Lachen eines Elefanten gehört hättest, wüsstest du warum!)

Als sie sich beruhigt hatten, nahmen sie ihre Plätze wieder ein und alle drei setzten ihre Reise entlang des Flusses fort.

Es wurde schon langsam Nacht, als sie unter den Schatten der Fabriken hindurchwanderten. Die wenigen Leute, die sie aus der Ferne sahen, schienen zu beschäftigt zu sein, um sie zu bemerken. Und so gingen sie schweigend und geräuschlos durch ihre erste Nacht unter den blinden Menschenmassen.

KAPITEL 14

Das Mantra der Vergebung

Oki erwachte am nächsten Morgen sehr früh, weil er sich kratzen musste. „Anscheinend haben wir die Mücken gefunden — oder sie haben uns gefunden", murmelte er.

Lulu gähnte und streckte sich auf Okis Schoß. Airavata schritt noch immer gemächlich voran. Während der Nacht hatten sie zwei weitere menschliche Siedlungen passiert und nun näherten sie sich der ersten Stadt ihrer Reise. So weit das Auge reichte, starrten die harten Formen der von Menschenhand gemachten Gebäude durch die morgendlichen Flussnebel hindurch. Bald hörten die drei Reisenden die unnatürlichen Geräusche der Autos. Sie sahen immer mehr Leute umhereilen. Es ist wie eine freudloser Tanz, der zu Krach anstatt zu Musik getanzt wird, dachte Oki. Die Leute sahen die Reisenden als einen schmutzigen Jungen auf einem schmutzigen, alten Elefanten, nicht als Prinz auf dem göttlichen Vehikel des Königs der Himmel. Die Stadthunde bellten sie ärgerlich an, als sie vorbeiritten, aber Airavata winkte nur mit seinen großen, weißen Ohren, die ihnen einen kühlenden Wind herüberschickten.

Weiter und weiter liefen sie, bis die schwere Luft sie bremste. Oki sagte: „Ich bin so durstig und hungrig. Wo können wir etwas zu essen und zu trinken finden?"

Sie liefen gerade an einem großen Obstmarkt vorbei, also tat Airavata das, was ihm als natürlich erschien: Er schwang seinen Rüssel zum nächsten Stand hinüber, schnappte die dickste und schönste Frucht und reichte sie Oki hinauf. Oki und Lulu schlangen sie hinunter. Aber noch bevor sie ihr schönes Frühstück beenden konnten, hörten sie von unten lautes Rufen und Schreien. Oki schaute hinunter und sah in eine Menge ärgerlicher Gesichter, die ihn anschrien. Ein Mann mit einem schwarzen Turban und einem dicken, schwarzen Bart schüttelte seine Faust. Oki verstand nicht, was er sagte oder worum es überhaupt ging.

Plötzlich begann der Mann, gegen Airavatas Bein zu treten; Airavata störte das zwar nicht, aber Oki reichte es jetzt. Er sprang vom Rücken des Elefanten hinunter und landete genau auf dem Fuß des Mannes. Dies war wiederum zu viel für den ärgerlichen Mann, der Oki am Ohr packte und ihn durch die Menge fortziehen wollte, während er etwas über das Stehlen seiner Früchte und „*Polizei!*", brüllte. Das war nun zu viel für Lulu, die jetzt dem Mann mitten ins Gesicht flog und begann an seiner Nase zu picken. Jemand packte sie und steckte sie in einen Sack. Airavata blies laut durch seinen Rüssel. Es klang wie eine mächtige Trompete. Er versuchte, Oki zu folgen, aber die Leute warfen mit Steinen nach ihm.

Die Situation begann völlig außer Kontrolle zu geraten und hätte in einem Desaster geendet, wenn nicht ein Wunder geschehen wäre. König Varuna hatte Oki eine Gunst erwiesen, eine besondere Waffe, die ihn vor aggressiven Menschen bewahren sollte. Es war ein sehr mächtiges Mantra, ein magischer Ausspruch, den er Lulu beigebracht hatte, damit sie es an Oki weiterleite. Leider hatte Lulu vergessen, ihm davon zu berichten.

So ist es also nicht verwunderlich, nachdem er gerufen hatte: „Lu! Lu! Was sollen wir tun?", und Lulu aus dem Inneren ihres Sackes heraus antwortete: „Benutze die Aparadhakshama Astra — die Waffe der Vergebung!", dass Oki nicht die leiseste Ahnung hatte, wovon sie redete.

Aber glücklicherweise fügte Lulu, gerade noch rechtzeitig bevor Oki ausser Hörweite gebracht wurde, hinzu: „Du weißt ja! Sag, dass du allen verzeihst!"

Oki fühlte kühle Vibrationen auf seinen Händen und auf seinem Kopf, als er das hörte. Deshalb verlor er keinen Augenblick. Sofort nahm er einen tiefen Atemzug und rief laut aus vollem Herzen: „Ich verzeihe jedem!" Und in diesem Moment geschah das Wunder!

Alle Leute rundherum wurden plötzlich still, als ob ein dickes Kissen aus dem Himmel gefallen wäre und den ganzen

Krach erstickt hätte. Nicht einmal die Geräusche des hektischen Verkehrs waren mehr zu hören. Der dunkle, haarige Mann ließ Okis Ohr los und begann, dem kleinen Jungen die Hand zu küssen, während dicke Tränen aus seinen Augen kullerten. Der Mann, der Lulu gefangen hielt, öffnete den Sack und ließ sie fliegen. Die Leute zogen an ihren eigenen Ohren als eine Geste der Entschuldigung, andere streichelten den Elefanten freundlich, wieder andere boten Oki und seinen Begleitern Essen und Getränke an. Mit vielen guten Sachen beladen, wurde Oki von den Leuten wieder auf den Rücken des Elefanten hinaufgeholfen. Alle lächelten und winkten und sagten „Auf Wiedersehen", als die drei weiter ritten, entlang des Flussufers zum höchsten Punkt der Erde.

Nach einer Weile des Essens und der Meditation sagte Oki: "Hey, Lu! Warum hast du mir nichts über diese Astra erzählt?"

„Das habe ich gerade", antwortete sie schnell.

„Okay, ich verzeihe dir auch, du kleiner, ungezogener Vogel!"

KAPITEL 15

Segen der Mutterkaiserin

Obwohl Airavata langsam zu gehen schien, kamen sie sehr schnell voran. Dies ist eine besondere Macht, eine *Siddhi*, des göttlichen Vehikels der Deva-Götter: Sie können ihre Herren in kurzer Zeit sehr weit tragen. Nur in den dicht besiedelten Gebieten sind sie wesentlich langsamer vorangekommen. Und unglücklicherweise wurden Oki und seine Freunde bei der Durchreise durch solche Gebiete oft angefeindet und beschimpft, weil die Menschen durch ihre Egos voller Hitze waren.

Eines Abends, als sie einen solchen herzlosen Platz verließen, wandten sich die Umstände sogar zum Schlimmsten, als fünf gemeine Räuber ihren Weg am Flussufer blockierten. Es war nicht ganz verständlich was sie wollten, aber sie befahlen Oki vom Elefanten hinunterzusteigen. Oki war nicht ängstlich, aber von den ganzen Aggressionen, denen sie bereits begegnet waren, war er so müde und frustriert, dass er einfach nur seinen Kopf sinken ließ und zur göttlichen Mutter Kaiserin betete, ihn von dieser Qual zu befreien.

Da passierte ein neues Wunder: aus dem Nirgendwo kam ein riesigengroßer Tiger und sprang auf die Räuber zu. Sein unglaubliches Fell schien rot wie Feuer im Licht der untergehenden Sonne und sein Gebrüll hallte wie Donner durch die Abendluft. Die fünf Männer drehten sich um und liefen um ihr Leben. Bald waren sie außer Sicht. Der Tiger verschwand ebenfalls, aber er lief für den Rest der Reise vor Airavata her, so dass niemand mehr wagte, sie zu belästigen. Manchmal konnte Oki im Licht der aufgehenden oder untergehenden Sonne einen Schimmer der großen Katze sehen. Und jedes Mal lächelte er heimlich und dankte der Kaiserin des Universums in seinem Herzen.

Die zweite Hälfte ihrer Reise über Land war weniger ereignisreich. Airavata blieb nahe am himmlischen Fluss, um Oki und Lulu vor der immer stärker werdenden Hitze zu beschützen, die vom kollektiven Ego kam, das mit Ärger und Gier in den Köpfen der Menschen genährt wird. Sie blieben kaum stehen und sahen immer weniger Menschen, je näher sie an die Berge kamen. Oki überlegte oft, was sie wohl am Ende der Reise erwarten würde, auf dem Gipfel der Welt. Lulu erzählte ihm viele erstaunliche Geschichten über alles, was sie im Reich der Devas gesehen hatte und Oki träumte farbenfrohe Träume von Dingen, die er nicht verstand.

Eines Morgens wachte er auf und schaute sich auf Airavatas Rücken sitzend seine neue Umgebung an. Der Fluss war schmäler geworden, als sie die Berge hinauf wanderten. Jetzt glänzte er, ein sprudelnder Bach, der fröhlich zwischen den grasigen Ufern lachte. Es kam ihm vor, als würden sie in der Zeit zurück reisen und als würden sie die göttliche Ganga als junges Mädchen sehen, wie sie am Beginn der Welt tanzte.

Alles hier war so magisch! Ein wunderschönes Gefühl nach dem anderen stieg aus den Tiefen seiner Seele, als er sah, wie die ersten rosafarbenen Sonnenstrahlen die verschneiten Berge berührten; oder als er den köstlichen Duft der unzähligen Blumen einsog, die von den Hängen lächelten; oder als er dem Lachen des Flusses zuhörte, der ihn zum Tanz zu rufen schien. Er fühlte sich jung und alt, winzig und groß, alles zur gleichen Zeit. *Die Himmel der Devas waren ein herrlicher Ort*, dachte er, *aber dieses irdische Heim der göttlichen Mutterkaiserin ist schöner und wunderbarer als alle anderen Himmel zusammen!*

Als sein Verstand von einem süßen Gedanken zum anderen tanzten, bemerkte er plötzlich ein fröhliches, summendes Geräusch. Es war Lulu. Er hatte nicht einmal bemerkt, dass sie weg war. Sie war ausgeflogen, um Frühstück zu sammeln.

„Ich habe dir Nektar vom Tal der Blumen gebracht", sang sie. „Wir erklimmen gerade den Nanda Devi, den Berg der Himmlischen Mutter. Es ist alles so aufregend!"

Oki konnte als Antwort nur ein Kichern hervorbringen. Lulus sprudelnder Enthusiasmus berührte sein Herz. Er war so froh, dass sie seit Beginn des Abenteuers an seiner Seite war. Würde er sie jemals wiedersehen, wenn ihre Mission erfüllt war? fragte er sich.

Höher und höher und höher kletterten sie. Jeder Moment war wie ein Tropfen reiner Freude in Okis Herzen. Die Zeit schien still zu stehen, als sie die verschneiten Regionen erreichten, weit über der Baumgrenze. Airavata stapfte immer weiter durch das weiße Wunderland. Der Rest des Planeten Erde schien unter ihnen immer kleiner und kleiner zu werden. Oki hatte friedlich den Atem angehalten, sein ganzes Wesen fühlte sich offen an, wie ein voll erblühter Lotus. Noch einige wenige Schritte und sie würden über dem Himmel sein, über dem Universum, über der gesamten Schöpfung. Und dann ...

KAPITEL 16

Meditation mit der Mutter

Als sie den obersten Gipfel des Nanda Devi erreichten, breitete sich der tausendblättrige Lotus des Universums — das Sahasrara, die Krone der Schöpfung — vor ihnen aus; ein goldener Gipfel schöner als der andere. Plötzlich gesellte sich ein Klang zu der Stille und dem Glanz dieses Augenblicks. Zuerst konnte Oki nicht ausmachen, was es war; dann wurde ihm klar, dass Lulu wieder zu ihm sprach.

„Das da drüben muss der großartige Berg Kailash sein", sagte sie gerade, „und der blaue Punkt dort muss der magische See sein. Aber wenn Ganga von dort drüben auf die Erde kam, wie kam sie dann hier herüber?"

Sie redete noch immer, als etwas Wundersames passierte. Von weit drüben, über den vielen Tälern und Gipfeln, die sie von ihrem endgültigen Ziel trennten, konnten sie ganz schwach eine vielfarbige Linie ausmachen, die im Licht der Morgensonne immer größer wurde. Die Linie wuchs auf sie zu, bis ihnen klar wurde, was es war:

„Der Regenbogen!", rief Lulu aus.

Als der Regenbogen näher kam, konnten sie etwas Weißes an dessen Ende erkennen. Lulu wollte gerade laut rufen: „Es ist die Kuh!", als Oki schnell ihren Schnabel zuhielt, da er fühlte, dass es respektlos wäre, in Anwesenheit dieses heiligen Wesens zu schreien.

Als die Kuh und der Regenbogen den Platz wo sie standen erreichten, verbeugte sich Oki, und die Kuh lächelte ihn an:

„Gesegnetes Kind unserer Himmlischen Mutter, willkommen im Königreich von Nirananda. Ich habe das große Privileg, dich in das ehrwürdige Herz dieser Heimat der Mutter zu führen! Bitte folge mir!"

Als Airavata mit seinen Passagieren den Regenbogen betrat, wisperte Lulu: „Ich wette, Ganga kam auf dem Regenbogen hier herüber." Und mit dieser wichtigen Bemerkung verstummte sie für den Rest des Abenteuers.

Die üppigen Täler und majestätischen Gipfel zogen unter ihnen vorbei. Der Regenbogen führte sie anmutig in die Richtung der Königin aller Seen; das erste Wasser, das die Erde am Beginn aller Zeiten erfrischte, am Fuße von Shri Shivas weißem Thron, Berg Kailash. Schon bald sah Oki Meilen um Meilen warmer, reiner Erde, die von dem schimmernden Saphirfarbenen See und dem zeitlosen Berg wegrollten. Sie waren fast da. Eine angenehme Kühle badete seine Haut und floss durch seine Adern. Mit der Leichtigkeit einer Feder setzte Airavata seine Füße auf den Boden. Alles war still und in absoluter Ruhe. Die Kuh und der Regenbogen waren verschwunden.

Airavata half Oki beim Absteigen. Sie waren nun am Ufer des göttlichen Sees angekommen. Er sah aus wie ein bodenloser Himmel, der sich auf der Erde ausbreitete. Oki setzte sich auf dem kahlen Boden neben dem See nieder. Einige Zeit, er konnte nicht sagen ob sie lang oder kurz währte, saß er einfach nur da und starrte auf das Wasser. Dann schloss er seine Augen, oder jemand schloss sie für ihn. Das nächste, was er wahrnahm, war eine sanfte, mütterliche Stimme. Sie schien aus seinem Inneren zu kommen. Sie sang. Es klang wie ein Schlaflied; nach und nach verstand er die Worte.

Sie sagten, er solle die göttliche Perle in den Höhen seines Wesens finden ... er solle auf dem göttlichen Fluss in seinem eigenen Inneren fahren ... lass alles los, das hart und schwer ist (sogar die Idee, dass irgendetwas hart und schwer sein könnte, schien ihm in diesem Moment unmöglich) ... er solle die Hand der Göttlichen Mutter nehmen ... mit der anderen Hand solle er die Hand der Menschheit ergreifen ... öffne die Muschel ... Teile die Perle....

So ging es weiter mit dem Lied und Oki sog jeden Ton ein wie ein Baby die Muttermilch. Tiefer und tiefer ging er in sein Herz hinein, und gleichzeitig stieg er höher und höher auf. Er fühlte, wie sich die ganze Herrlichkeit seines eigenen wahren Seins vor ihm öffnete. Tiefer und höher wanderte seine

Aufmerksamkeit. Er wollte niemals von diesem Gefühl des perfekten Entzückens getrennt werden. Er fühlte, dass er dem Schatz sehr nah sein musste. Er wollte ihn mit jedem teilen!

Dann sah er es: Ein lupenreines Perlenherz aus reiner Freude! Er berührte es und es verwandelte sich in zahllose Tauben, die ausflogen über die ganze Welt. Er sah stille, stufenförmige Feuerwerke den Himmel mit tausend Farben erleuchten und Springbrunnen voller geschmolzenen Goldes, die den Himmel mit freudiger Würde dekorierten. Die kühle Brise himmlischer Liebe überflutete die drei Welten und die Schöpfung lächelte wie ein Baby, das in den Armen seiner Mutter ruht.

KAPITEL 17

Die rettende Gnade

Oki fühlte sich in dieser süßen, stillen Freude so wunderbar, dass er seine Augen niemals wieder öffnen wollte. Als er es dann doch tat, sah er, dass er ganz nass war. Und noch viel mehr war er verwundert, als er bemerkte, dass der See höher stieg und ihn mitnahm! Das göttliche Wasser stieg in einer Art und Weise, dass es nicht das gesamte Tal überschwemmte, sondern wie eine Säule zum Himmel wuchs. Die Oberfläche des Wassers wurde breiter und breiter wie eine Pilzwolke. Oki wurde geradewegs in die Wolken gehoben. Er war noch immer so angefüllt von den freudigen Vibrationen seiner Meditation, dass er sich selbst fast wie eine Wolke fühlte. Das Wasser vermischte sich mit all den Wolken und verbreitete sich weiter und weiter. Dies ging so weiter, bis Oki dachte, es müsse nun die ganze Welt bedecken.

Dann sah Oki einen Blitz und hörte einen Donner, der sich wie ein riesiger Tiger anhörte. Er schaute auf und sah König Indra auf Airavata zwischen Avartaka und Pushkala. Seine Lieblingsregenwolken waren nun dunkel und sprudelten über mit kühlem, vibrierendem Wasser. Oki winkte ihm zu und der König des Devalok lächelte und winkte zurück.

Einen Moment später war Oki der allererste Mensch, der jemals die praktische Erfahrung eines Wolkenbruchs machte! Die Wolken brachen buchstäblich unter ihm ein und tiefer, tiefer, tiefer ging es mit dem göttlichen Regen auf die verärgerte, durstige Welt unter ihnen. Wissend, dass alle Leute eine neue Leichtigkeit und Kühle in ihren Köpfen und eine heilende Liebe in ihren Herzen spüren würden, schloss er seine Augen und begann, eine der schönen Melodien zu singen, die er von den Gandharva-Engeln in den Sonnenwolken gelernt hatte. Es schien schon eine Ewigkeit her zu sein!

Als er seine Augen wieder öffnete, fand er sich auf der Schaukel in seinem Garten wieder. Es war noch immer Sonntag und die Küchenglocke klingelte, um ihn zum Essen zu rufen. Es begann zu regnen, also sprang er von der Schaukel und rannte ins Haus. Bevor er losrannte, schaute er noch schnell in den Regen hinauf und es schien ihm, als hätte er einen farbenprächtigen kleinen Kolibri gesehen, der von den Blüten des Apfelbaumes über der Schaukel aß.

Als er das Haus erreichte, lief er gleich ins Badezimmer, um seine Hände zu waschen. Auf dem Weg überlegte er, ob das ganze Abenteuer nur ein Tagtraum gewesen sei; aber als er in den Spiegel schaute, sah er die Schramme auf der Seite seines Kopfes, wo der brennende Baum ihn getroffen hatte, als er mit Hanuman und den Affenengeln im klingenden Dschungel getanzt hatte.

~GLOSSAR~

Astra

Eine göttliche Waffe, die benutzt wird, um das Böse zu besiegen

Bandhan

Eine mächtige, göttliche Geste (man schreibt mit dem Finger eine unsichtbare Nachricht in die offene linke Hand und macht dann mit der offenen rechten Hand viele Kreise im Uhrzeigersinn darüber), um mit den Engeln zu telefonieren, wenn man Hilfe braucht. Es kann auch als ein Schutz benutzt werden, indem man die rechte Hand siebenmal wie eine Käseglocke über den Körper von einer Seite zur anderen führt

Deva

Ein (normalerweise unsichtbarer) Gott, der sich um die Elemente kümmert

Devi

Göttin

Devalok oder Amaravati

Himmlisches Königreich der Devas

Ego

Der Ballon im Kopf eines Menschen, der sehr groß und

heiß wird und andere verletzt, wenn man zu selbstsüchtig oder ärgerlich wird. Er schrumpft auf sein normales Maß, wenn wir großzügig und freundlich sind. Wenn wir das tun, erzeugen wir kühle, heilende Vibrationen in uns und in anderen

Ganga

Der ursprüngliche göttliche Fluss, der durch Nordindien fließt (und auch die Göttin, die den Fluss erschaffen hat)

Garuda

Das göttliche Vehikel von Vishnu, Zerstörer des Bösen und des Giftes, und König der Vögel

Himmlische Mutterkaiserin

Die höchste wohlwollende Kaiserin aller Welten und Wesen. (Eine Mutter ist die höchste Person, die es gibt; Kaiserin ist die höchste Herrscherin, die es gibt; und himmlisch ist die höchste Eigenschaft, die es gibt.) Sie bringt Freude und Frieden jedem, der sie in seinem Herzen verehrt

Indra

König der Devas und der tieferen Himmel, der Meister über das Wetter

Indrani

Gefährtin und Shakti (weibliche Kraft) von König Indra

Jai!

Sieg!

Kailash

Berg im Himalaya, der als der Sitz von Shiva bekannt ist

Shiva

Väterliche Deität, Beschützer der kostbaren Herz-Seele des Universums und in allen Menschen

Ganesha

Kindliche Deität mit einem Elefantenkopf, erschaffen aus Erde und göttlichen Vibrationen, Beschützer der Erde und der Unschuld in jedem Menschen

Hanuman (oder Hanumana)

Anführer der (normalerweise unsichtbaren) Engel, und Botschafter der Götter

Vishnu

Beschützende Deität und Führer der Evolution

Mantra

Eine göttliche Hymne oder Ausspruch, die mächtigen Segen bringt, wenn sie gesungen oder gesprochen wird

Meditation

Ein Zustand voller Frieden und Glück, gleichzeitig voller

Energie — ohne laute Gedanken im Kopf (verschieden von normalem Wach- oder Schlafzustand)

Nirananda
Stille, absolute Freude

Om
Mächtiger, ursprünglicher Ton der Schöpfung

Rakshasa
Ein böser, Ärger machender Dämon

Sahasrara
Der wunderschöne, regenbogenfarbige Lotus auf dem Gipfel der Schöpfung und auf dem Kopf jedes Menschen — die letzte Tür zum Himmel in uns

Vahana
Göttliches Vehikel

Varuna
Deva und König der Reiche des Wassers

Vibrationen (oder Chaitanya)
Die göttliche Kraft, die alles erschaffen hat. Sie kann auf den Händen und auf dem Kopf einer erleuchteten Person als kühle Brise gefühlt werden

Okis Mutter erzählte ihm vor langer, langer Zeit (letzten Sommer), dass er — wenn er mithelfen wolle, die Welt etwas glücklicher zu machen — bei sich selbst beginnen soll. Dann zeigte sie ihm, wie er in sein Herz schauen kann, um stark und frei zu werden. Immer, wenn er die Augen schließt und die Hände öffnet, die Handflächen so, das sie zum Himmel schauen, fühlt er eine sanfte, kühle Brise aus seinen Handflächen und aus seinem Kopf strömen. Dann fühlt er, wie sein Herz in Frieden und Glück erstrahlt. Wenn du ihn auf seinen Abenteuern begleitest, kannst du probieren, ob auch du diese speziellen Kräfte fühlen kannst. Und dann kannst du schauen, ob andere auch diesen Fluss der göttlichen Liebe fühlen können. Als Prinz oder Prinzessin der Himmlischen Mutterkaiserin ist es dein Recht, dieses zu genießen — dich an dir selbst und anderen tatsächlich zu erfreuen.

Übrigens, wenn du den Fußabdrücken ...

... der Mäuse folgst, werden sie dich ...

... vielleicht zu dem nächsten ...

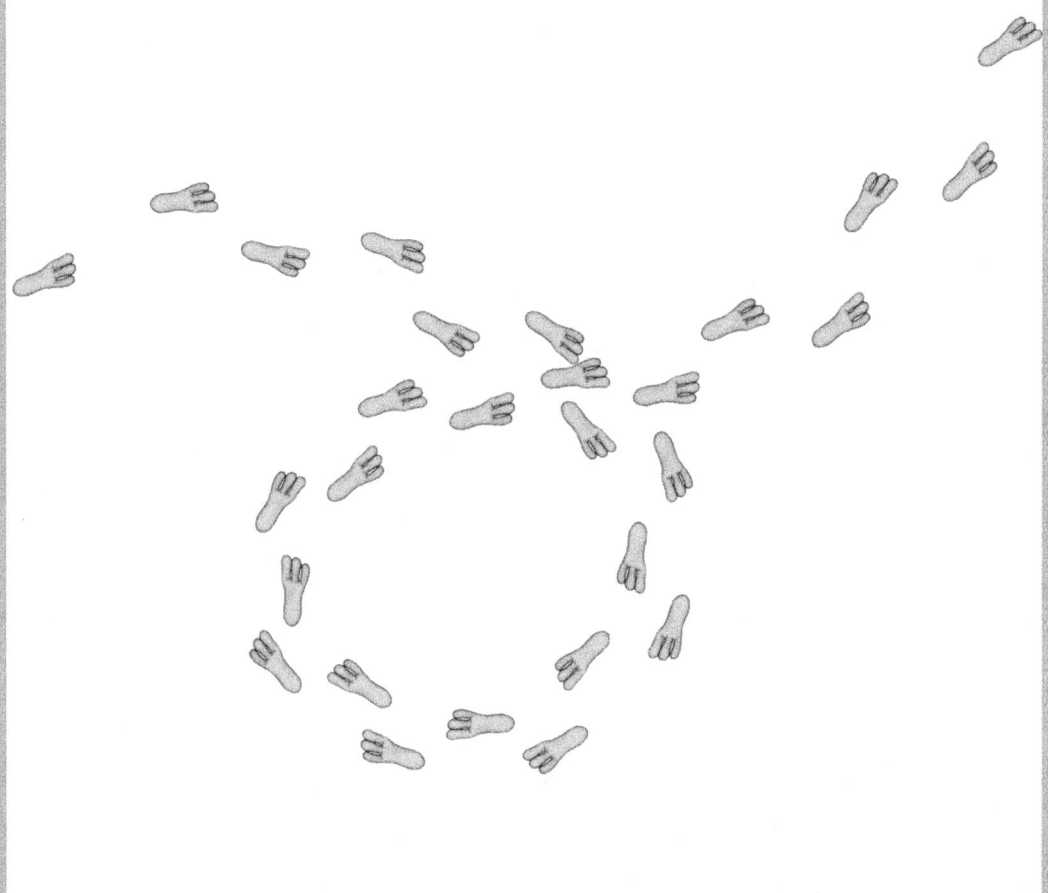

... **Oki Doki** Abenteuer leiten*!*